Visit us on the Web!
Seussville.com
rhcbooks.com

Educators and librarians, for a variety of teaching tools, visit us at
RHTeachersLibrarians.com

Library of Congress Cataloging-in-Publication Data is available upon request.
ISBN 978-0-525-70723-3 (trade) — ISBN 978-0-525-70728-8 (lib. bdg.)

Printed in the United States of America
10 9 8 7 6 5 4 3 2
First Random House Children's Books Edition

Huevos verdes con jamón

Dr. Seuss

Traducción de
Aída E. Marcuse

BEGINNER BOOKS
Una división de Random House

¡Ese Juan Ramón!
¡Ese Juan Ramón!
¡No me gusta nada
ese Juan Ramón!

¿Te gustan

los huevos verdes con jamón?

No, no me gustan nada,

Juan Ramón.

No, no me gustan nada

los huevos verdes con jamón.

13

¿Te gustarían aquí

o los quieres allá?

No, no me gustarían,

no los quiero aquí ni allá.

No, no me gustarían

aquí, allá o más allá.

Pues no me gustan nada

los huevos verdes con jamón.

No, no me gustan nada,

Juan Ramón.

18

¿Te gustarían
en un caserón?
¿Te gustarían
con un ratón?

No, no me gustarían

en un caserón.

No, no me gustarían

con un ratón.

No, no me gustarían

aquí, allá o más allá.

Pues no me gustan nada

los huevos verdes con jamón.

No, no me gustan nada,

Juan Ramón.

¿Los comerías
en un cajón
con un zorro
en un rincón?

No los quiero en un cajón
con un zorro en un rincón.
Tampoco en un caserón
y menos con un ratón.
No los como aquí ni allá,
aquí, allá o más allá.
No como huevos verdes con jamón
pues no me gustan nada, Juan Ramón.

¿Podrías? ¿Los querrías
en un coche?
¡Cómelos que se enfrían
esta noche!

No los comería,

ni querría,

en un coche.

Te gustarán más
en un árbol, quizás.
¡Te gustarán más,
ya verás!

¡Déjame ya!

No los quiero en un árbol, ¡basta ya!

No los quiero en un coche, ¡ni de noche!

No los quiero en un cajón

con un zorro en un rincón.

Tampoco en un caserón

y menos con un ratón.

No los como aquí ni allá,

aquí, allá o más allá.

No como huevos verdes con jamón

pues no me gustan nada, Juan Ramón.

¡Un tren! ¡Un tren!

¡Un tren! ¡Un tren!

¿Puedes, quieres

en un tren?

¡Déjame ya!

No los quiero en un tren, ¡basta ya!

Ni en un árbol, ni en un coche, ni de noche.

No los quiero en un cajón

con un zorro en un rincón.

No como con un ratón,

tampoco en un caserón.

No los como aquí ni allá,

aquí, allá o más allá.

No como huevos verdes con jamón,

pues no me gustan nada, Juan Ramón.

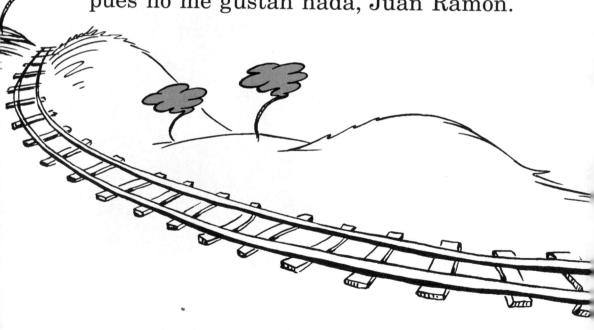

Dime…

¿Y en el túnel?

¡Aquí en el túnel!

¿Podrías, querrías, en el túnel?

No podría, ni querría
en el túnel.

¿Podrías, querrías,
en la tormenta?

No los quiero en la tormenta,

no me tientan,

ni en el túnel ni en el tren me sientan bien.

Ni en un árbol, ni en un coche,

no me gustan, ni de noche.

Ni en un cajón o un caserón,

con un zorro o un ratón.

No los como aquí ni allá.

¡No me gustan, Juan Ramón!

¿No te gustan

los huevos verdes con jamón?

No,

no me gustan nada,

Juan Ramón.

¿Podrías comerlos
con una cabra?

No podría, ¡palabra!
comerlos con una cabra.

¿Podrías, querrías,

en un barco?

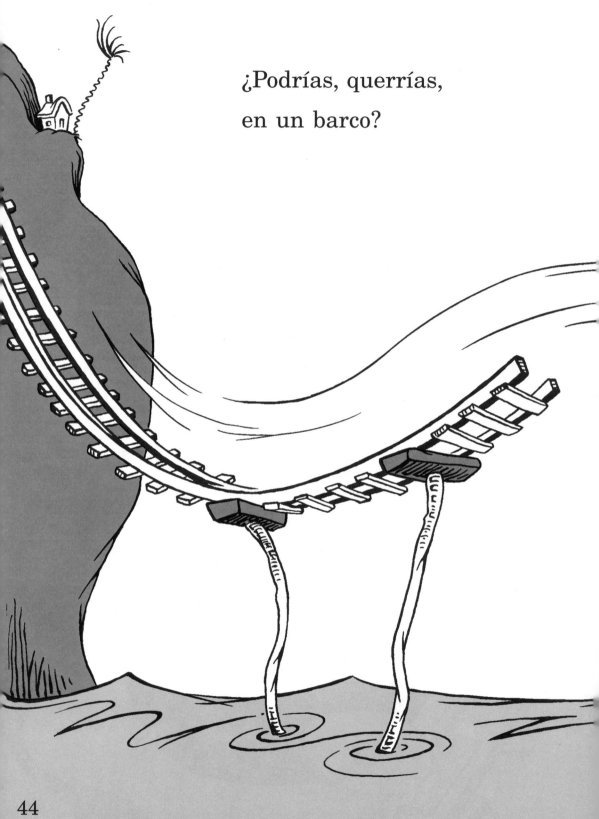

No los como en un barco,

ni navegando en un charco.

Con la cabra y en el túnel, no los como.

En la tormenta o en el tren, ni por asomo.

Ni en un árbol, ni en un coche, ni de noche.

No los quiero en un cajón

con un zorro en un rincón.

Tampoco en un caserón

y menos con un ratón.

¡Basta ya!

No los como aquí ni allá,

¡aquí, allá o más allá!

47

¡No, no me gustan

en ninguna ocasión

los huevos verdes con jamón!

¡No, no me gustan nada,
Juan Ramón!

No te gustan… ¡qué ridiculez!

¡Pruébalos una vez!

Y te gustarán, tal vez,

—ya me lo dirás después—

si los pruebas una vez.

¡Juan!
Si me dejas en paz
los probaré,
ya verás.

¡Vaya!

¡Me gustan los huevos verdes con jamón!

¡Sí, me gustan mucho, Juan Ramón!

Y los comería en un barco

navegando en un charco,

y los comería con la cabra,

te doy mi palabra...

Los comeré en la tormenta.

También me tientan

en el túnel y en el tren.

¡Y en un árbol y en un coche y de noche!

¡Qué ricos son, qué ricos son

los huevos verdes con jamón!

Los comeré en un cajón
con un zorro en un rincón.
Los quiero en un caserón
y también con un ratón.
¡Comeré aquí y allá,
aquí, allá o más allá,
huevos verdes con jamón!

¡Me gustan mucho,
mucho, mucho,
los huevos verdes con jamón!
¡Gracias, gracias,
Juan Ramón!